Siggi Selector

Die Lust auf Abenteuer endet nie

TRAUM

FRAUEN

im Lotterbett

von

Siggi Selector

Impressum

Buchtitel:

Traumfrauen im Lotterbett

Märchen können wahr werden

Autor:
Siggi·Selector © 2018

Titelfoto © Siggi Selector

Bibliografische Information der Deutschen Nationalbibliothek:
Die Deutsche Nationalbibliothek verzeichnet diese Publikation in der
Deutschen Nationalbibliografie; detaillierte bibliografische Daten sind im
Internet über http://dnb.d-nb.de abrufbar.

Herstellung und Verlag:
Books on Demand GmbH, Norderstedt
ISBN: 9783748107866

Inhalt

Die meisten Storys in diesem Buch ereigneten sich in der Lupinenstraße in Mannheim und in den Laufhäusern des Bahnhofsviertels von Frankfurt. Manche Leser werden sich vielleicht an die eine oder andere Dame erinnern. Viel Spaß beim Lesen, Appetit holen, nacherleben und nochmal erleben.

Das Mädchen mit dem Lockenköpfchen

In einem kleinen Sträßchen in Mannheim gibt es ein paar Häuschen die haben Fensterchen mit roten Lämpchen und hinter den Fensterchen sitzen Mädchen, die rauchen Zigarettchen und rufen ständig "Schätzchen".

Ich gehe zu einem Häuschen mit geschlossenen und bemalten Fensterchen, und stürme den Eingang durch einen Plastikvorhang. Ich will schnurstracks zur großen Treppe und habe vor, ein Blondinchen im 2. Stock zu besuchen, aber da höre ich links im Gang ein Hallöchen.

Da sitzt ein Mädchen, auf einem Höckerchen und hat ihre Beinchen breit. Ihr ganzes Kleidchen ist nur ein rotes Leibchen und ein kleines Höschen.

Ihre langen Haare bestehen aus lauter Löckchen. Sie hat ein süßes Näschen in ihrem Gesichtchen und lustige Äuglein und ein sinnliches Mäulchen.

6

Sie könnte ein Engelchen sein, wenn sie nicht so ein sexy rotes Leibchen anhätte und so ordinär breitbeinig auf dem Höckerchen säße.

Sie sagt nochmal Hallöchen und ich trete näher denn diese Mischung aus Engelchen und Teufelchen sieht sexy aus, so wie sie da sitzt und Joghurt aus einem Becherchen löffelt. Sie schleckt und lutscht so versaut an dem Löffelchen, dass bei diesem Anblick Schwänze aus Schwänzchen werden können.

Ich gehe also zu dem Mädchen mit den Löckchen und sage auch Hallöchen.

Wir einigen uns auf ein Salärchen von 30 Eurönchen und zwanzig Minütchen Tick Tack.

Ich nehme das Höckerchen mit ins Zimmerchen.

Sie stammelt Fragezeichen wegen weil ich das Höckerchen mit ins Zimmerchen genommen habe und ich antworte: "Setz dich ein Weilchen".

Die Scheinchen lege ich auf ein Tischchen und dann entblöße mich.

Jetzt sitzt dieses Mädchen mit den Löckchen, das aussieht wie eine Mischung aus Engelchen und Teufelchen wieder breitbeinig vor mir auf dem Höckerchen, aber wir sind alleine im Zimmerchen und ich bin nackt..

Statt Joghurt-Becherchen und Löffelchen hat sie jetzt meinen Schwanz in den Händchen.

Nein, es war kein Schwänzchen mehr.

Es dauert nur ein Weilchen da hat ihr Schlecker-mäulchen wieder Lust auf Lutschen. Sie verlässt das Höckerchen und geht in die Hocke. Sie streift mir mit dem Mündchen ein Gummiteilchen über den Steifen, legt ihre Händchen auf meine Ober-schenkel und lutscht ein Weilchen an meinem Stahlrohr. Dabei wirbelt sie mit dem Köpfchen ihre kastanienbraunen Löckchen.

Ich greife ihre Ärmchen, ziehe sie hoch und gebe Zeichen, sie solle sich wieder aufs Höckerchen set-zen.

Sie zieht sich ihr Höschen aus, spreizt die Beinchen weit auseinander, und reibt mit dem Fingerchen ihr totalrasierte Möschen. Dabei benutzt sie ein Cremechen und stöhnt bereits versaute Tönchen.

Ich liebe sie ein Weilchen auf dem Höckerchen, streichle ihre Brüstchen. Dann greife ich ihr prachtvolles Ärschchen und hebe sie, aufgespiesst, vom Höckerchen.

Sie kriegt ein Schrecksekündchen. Ich mache eine Drehung und wir beide fallen aufs Bettchen. Wir sind immer noch ineinander gekeilt und schieben immer noch das Nümmerchen. Das Engelchen stöhnt so lieb, ich gebe ihr Küsschen auf den Hals unter ihre Löckchen, komme mir ein Momentchen sogar vor wie ein Frauenliebhaber...

Nach einem Weilchen lege ich mich auf den Rücken. Sie macht ein Reiterchen und lässt ihre Brüstchen über mir baumeln und natürlich auch die Haare mit den Löckchen und stöhnt ständig Tönchen aus ihrem Mündchen.

Ich werfe sie ab und nehme sie in der Seitenlage, eine Art Löffelchen, aber von vorne herein und schaue ihr dabei in ihre süssen Äuglein und höre ihr Stimmlein während sie mir beim Bumserchen die Eierchen krault.

Das Schäferstündchen neigt sich dem Ende, ich hab noch 3 Minütchen. Ich wechsle noch einmal in die Missionarsstellung und gebe ihr die restlichen Stößchen für das Höhepünktchen.

Nein, das war ein geiler Höhe-PUNKT.

Quickies ohne langes Vorspiel haben auch ihren Reiz. In der Kürze liegt die Würze. Im Puff kannst du Sex und Spaß haben, so viel du willst, soviel du kannst, und so viel wie du bezahlen kannst.

Der erste Beweis dass Sex im Puff Spaß macht, war die Story vom süßen Mädchen, die, mit ihren langen, gelockten Haaren einfach nur lieb aussah.

Im Laufhaus, dem Huren-Hotel

Niemand an der Rezeption.

Du steigst die Treppen des alten, unansehnlichen Hotels empor. Die Türen zu den Zimmern des Flures im ersten Stock sind alle geschlossen. Ist denn niemand hier?

Du erkundest du die Lage im zweiten Stockwerk. Vier Zimmer sind auf diesem Flur, zwei Türen sind geschlossen, zwei Türen stehen offen.

Neugierig schaust du durch die erste geöffnete Tür die du siehst.

Ein junges, dunkelhaariges Mädchen, kaum 20 Jahre alt, nur mit Unterwäsche bekleidet, sitzt auf dem Bett ihres Hotelzimmers und schaut auf den Fernsehapparat, wo der Musiksender Videoclips der neuesten Hits aus der Musikszene zeigt.

Sie bemerkt nicht, dass du sie ansiehst, während sie sich das Video ansieht.

Du schleichst dich wieder davon, ohne sie gestört zu haben.

Du kommst zum nächsten Zimmer, dessen Türe geöffnet ist. Neugierig schaust du in den Raum.

Trotz des wenigen roten Lichtes erkennst du jedes Detail des kargen, billigen Interieurs.

Vor dem Spiegel am Waschbecken steht eine leicht bekleidete junge Frau und kämmt ihr langes, blondes Haar.

Du siehst sie nur von hinten, aber ihr Hintern, der nur von einem knappen Slip bedeckt ist, ist knackig, rund und die perfekte Krönung ihrer schlanken Beine. Ihr Rücken ist am Schulterblatt verziert mit dem Tattoo einer Rose.

Dein Blick ruht auf dem schlanken Körper der jungen Dame, die sich die Haare kämmt.

Es hat etwas erotisches eine Frau zu sehen, die sich vorm Spiegel betrachtet und sich schön macht.

Du stehst auf dem Flur im Hotelgang und genießt es, sie heimlich von hinten zu beobachten.

Aber es dauert nicht lange, da sieht sie im Spiegel, dass du hinter ihr in der Tür stehst und sie hat dich ertappt.

Ohne das Kämmen der Haare zu unterbrechen, dreht sie sich um und lächelt dich an.

Jetzt siehst du sie erstmals von vorne. Ihr Gesicht ist mädchenhaft hübsch, ein nettes Girl von nebenan.

Der BH ist scheinbar ein wenig zu klein für ihren wohlgeformten Busen, der in der Größe jedoch perfekt zu ihrem Körper passt.

Sie legt den Kamm zurück auf das Ablagebrett vor dem Spiegel und kommt auf dich zu.

Ihre hochhackigen Schuhe verleihen ihrem Gang den Hüftschwung eines Modemodels auf einem Laufsteg.

Sie bleibt circa einen Meter vor dir in der Zimmertür stehen, sie kommt nicht zu dir auf den Gang, sie bevorzugt den Schutz ihres billigen Hotelzimmers.

So steht sie in voller Schönheit vor dir, legt kokett den Kopf etwas zur Seite und ihre blonden, langen, glatten Haare fallen geschmeidig auf ihre Schulter. Ihre blauen Augen funkeln ein bisschen.

Sie stützt eine Hand in ihre Hüfte, mit der anderen streicht sie sich die langen Haare etwas zur Seite.

Zuviel Rot auf deinen Lippen. Ihr Mund ist etwas zu rot geschminkt, verleiht ihr die gleiche Verruchtheit, die schon das rot erleuchtete Zimmer ausstrahlt.

Ihre Aufmachung, ihre Bewegungen und die Art, wie sie Dich ansieht, entsprechen dem Klischee einer Hure, die man einfach nur kaufen muss um sie zumindest für eine Zeit lang benutzen zu dürfen.

Aus ihrem Mund kommen die unromantischsten Worte der Welt: "20 Minuten, 30 Euro, Anfassen, Blasen, Ficken, alle Positionen."

Ihre Stimme hat einen Osteuropäischen Akzent.

Du zögerst. Der Verkaufsspruch dieser Hure war ein echter Abtörner.

Du starrst sie an. Gefesselt von ihrer verruchten Ausstrahlung.

Sie fragt: "Hast du Lust?"

Ohne deine Antwort abzuwarten kommt sie heraus zu dir auf den Gang.

Sie legt Ihre Hand auf deine Schulter, fährt dann mit ihrer Hand über deinen Arm herab, bis zu deiner Hüfte, dann packt sie Dir beherzt von unten in den Schritt deiner Hose, so dass du ihren kräftigen Griff spürst.

Sie ist ein kleines, körperlich schwaches, schönes, zartes junges Mädchen, und du bist ein großer, starker, reifer Mann mit Erfahrung. Aber sie hat dich voll in ihrer Hand und sie beginnt, dich zu beherrschen.

"Was ist? Kommst du rein?" fragt sie und es klingt wie ein Befehl.

Du nickst nur, sie lässt dich los, dreht sich um, geht ins Zimmer und du folgst ihr.

Sie schließt die Türe hinter dir.

Du zahlst und stehst wie verlegen in ihrem kleinen Hotelzimmer zwischen Bett und Waschbecken.

"Na los, zieh dich aus!", befiehlt sie.

Du ziehst dich aus, legst deine Kleider auf einen kleinen hölzernen Schemel.

Gleichzeitig zieht sie sich den BH und den Slip aus und wartet vor dem Bett stehend, bis auch du ganz nackt bist. Währenddessen Smalltalk, um die Atmosphäre aufzulockern.

"Wie heißt du?"

Sie sagt ihren Namen und ergänzt: "Bulgarien."

Du fragst nach ihrem Alter, multiplizierst es mit zwei und das Ergebnis ist eine Zahl, die niedriger ist als die Summe der Jahre, die du selbst schon auf dieser Welt bist.

Du gehst auf sie zu, umfasst mit deinen Händen ihre Taille, greifst ihren runden PO und streichelst ihre wunderschönen Brüste, diese junge, zarte Haut während sie dir wieder ungeniert in den Schritt greift.

Jetzt spürst du nicht nur ihren Griff, sondern auch ihre flinken Finger, die professionell damit beginnen, deine Geilheit zu verstärken bis es Zeit für sie ist, vor dir in die Knie zu gehen um dir ein Kondom überzustreifen, wobei sie beim Aufrollen auch ihren Mund einsetzt.

Sie bläst so lange, bis sie weiß, dass du kräftig genug bist, den Dreistellungskampf zu meistern.

Du besteigst das Lotterbett und die Bulgarin. Du nimmst sie von hinten, von vorne und dann darf sie dich kaputtreiten.

Das Lotterbett lottert.

Es lottert und lottert und lottert immer lauter bis du nicht mehr lottern kannst. Ausgelottert. Und im Gummi schwimmt ein bisschen deines Lebens.

Als du dich befriedigt wieder angezogen hast, zur Türe gehst, und dich noch einmal umdrehst um einen letzten Blick auf die Süße zu werfen, küsst sie dich zum Abschied auf die Wange und fragt geschäftstüchtig: "Kommst du wieder?"

Du sagst "Ja", aber es ist eine Lüge, denn es gibt in dieser Stadt noch weitere solcher Hotels, noch mehr Stockwerke und Flure, noch viel mehr Zimmer und unzählige Liebesdienerinnen aus aller Herren Länder dieser Welt, die es alle zu entdecken gilt, denn obwohl jedes dieser Mädchen dir an der Türschwelle das Gleiche verspricht, erlebst du diese zwanzig Minuten jedes Mal anders, denn jede hält ihr Versprechen mehr oder weniger gut, auf einer Skala von schlecht, gut bis sehr gut oder sogar phantastisch.

Abwechslung macht Spaß.

Die Lust auf Abenteuer endet nie.

Das war die Geschichte einer typischen Nummer in einem Laufhaus. Sie hat den Namen einer Frau, gib ihr irgendeinen Namen. Es ist aber egal wie sie heißt. Wichtig ist, dass sie dir gefällt. Augen sagen mehr als Worte.

Wenn es mit der Dame aber richtig geil gelottert hat, dann besuchst du sie natürlich gerne wieder.

Dieses Buch widme ich denjenigen Traumfrauen, mit denen ich märchenhaftes im Lotterbett erlebt habe. Die Lotterbetten standen in den Laufhäusern des Frankfurter Bahnhofsviertels und in der Mannheimer Lupinenstraße.

* * *

Ostereier in diesem Kapitel:

Zuviel rot auf deinen Lippen
Augen sagen mehr als Worte

(Falko, Aus dem Song Jeanny)

Die nächsten Ostereier sind aus Grimms Märchen.

Schneewittchen im Märchen

Kennst du noch das Märchen von Schneewittchen, die "Spieglein Spieglein an der Wand"-Story?"

Wenn die böse Frau in den Spiegel geschaut hat und gefragt hat, „Wer ist die Schönste im Land," dann hat der Spiegel immer gesagt: „Königin, Ihr seid die Schönste hier, aber Schneewittchen, hinten den Bergen, bei den sieben Zwergen, die ist tausend Mal schöner als Ihr." Oder so ähnlich.

In dem Märchen fand man auch die Beschreibung von Schneewittchen: Haut, so weiß wie Schnee und Haare schwarz wie Ebenholz.

Du hast als Kind von Schneewittchen geträumt, und hast dir vorgestellt, dass du der Prinz bist, der sie am Ende kriegt.

Hast du aber leider nicht gekriegt, ich auch nicht, denn welcher von uns Prinzen war einmal ein Frosch und wurde von einer Prinzessin geküsst?

Aber manchmal können Märchen wahr werden! Du musst nur daran glauben beziehungsweise das märchenhafte erkennen, das dir in deinem Leben widerfährt.

Also wer ist die Schönste im ganzen Land?

Meine schönste Prinzessin, mein Schneewittchen ist in diesem meinem Märchen eine kleine, blonde Osteuropäerin, mit Traumbusen, so eine handvoll und ein kleines bisschen mehr.

Sie hat total schneeweiße Haut, es scheinen sogar leicht die Adern durch. Schneewittchen in blond.

Sie hat einen Traumbody, so wie du ihn nur bei Models aus den Männermagazinen kennst. Du weißt schon: Playboy, Penthouse, Hustler, FHM, Maxim und wie sie alle heißen oder hießen.

Ein kleines, junges, blondes Traumfräulein mit einer Figur, dass der Matador in dir erwacht.

Ich fand sie im vierten Stock des Märchenturmes Elbestrasse 55 in Frankfurt am Main.

Das blonde Schneewittchen empfängt des Prinzen Geldgeschenk, entledigt sich ihrer Kleider und entblößt einen makellosen Körper mit wunderschönen Brüsten. Ihr Busen ist grösser und schöner als er bekleidet den Anschein hatte.

Die Schönheit ihrer Figur wird nur noch übertroffen durch die Erotik ihrer Nacktheit.

Ihr hübsches Gesicht wird noch schöner durch ihr Lächeln. Du erkennst, dass sie eine Prinzessin ist und dein Verlangen wird dadurch zusätzlich geschürt.

Was jetzt kommt, liegt ganz an dir. fällst du über sie her, oder lässt du dich erst ein wenig streicheln und oral verwöhnen? Im Stehen, im Sitzen, im Liegen? Mit welcher Position fängst du an? Von Hinten oder von vorne, du vor dem Bett stehend, während sie sich aufs Bett stützt? Missionierung im Liegen oder sie auf der Bettkante sitzend? Reiterstellung zum Schluss oder irgendwann?

Es liegt ganz an dir. Das Schneewittchen macht alles mit, was ich oben beschrieben habe.

Ich konnte nicht genug bekommen von den beschriebenen Varianten und so kam es: Dieses Schneewittchen machte aus mir einen Prinzen, der mehrmals die Deutsche Bahn bezahlte, um den ICE benutzen zu dürfen, damit er mich Non Stop von Mannheim nach Frankfurt fährt.

Einmal im Märchen, immer im Märchen.

Bis das Märchen aus ist, denn leider hat jedes Märchen ein Ende. Die Märchen für Kinder enden meist damit, dass der Prinz die Prinzessin heiratet.

Die Märchen im Puff enden im Nichts. Eines Tages fährt dich der ICE nach Frankfurt und du stehst vor dem Nichts. Schneewittchen ist nicht mehr da.
Verschwunden auf Nimmerwiedersehen.
Puff-Märchen verpuffen sozusagen

Mein Schneewittchen hieß Maria. Sie weiß gar nicht, dass sie in einer Märchengeschichte in einem Buch als Schneewittchen verewigt wurde.
Maria, ich werde dich nie vergessen.

Runter von der Couch

Gastbeitrag von Peter Powers

Da lag ich nun gemütlich auf meiner Couch, doch die Ruhe war trügerisch, mir schwante Böses! Wie aufs Stichwort meldete sich mein Schwanz zurück, erwacht aus seinem Dämmerschlaf.

ER: "WILL FICKEN!"

Ich: "Das ist ja mal was ganz Neues! Geht es vielleicht etwas genauer?"

ER: "WILL SIE ALLE FICKEN!!"

Oh, oh jetzt bloß nichts Falsches sagen, sonst wird es eine schlimme Nacht.

Ich: "Vielleicht fangen wir mal bei einer ganz bestimmten Frau an und machen dann ganz langsam mit ALLEN anderen weiter?"

ER: "WILL Marcella ficken!"

Na also! Jetzt sind wir doch einen Schritt weiter. Einen guten Geschmack hat ER ja, aber deshalb einen alten Mann bei Nacht und Nebel aus dem Haus zu jagen...

ER: "JAMMER NICH, MACH HIN!!!"

Da jeder weitere Wiederstand zwecklos gewesen wäre, wälzte ich mich von meiner Couch und fuhr in die Lupi.

Vom Vorglühen und Vernaschen

Aus meiner Jugendzeit ist mir in Erinnerung, dass man schon am Nachmittag ein Rohr in der Hose bekommt, wenn man sich nur vorstellt, dass man heute Abend seine Freundin treffen wird. Man weiß, wie geil es immer mit der Freundin ist und die Vorfreude auf das Treffen erregt schon so sehr, dass es der Schwanz kaum erwarten kann. Er erhebt sich schon, obwohl die Dame noch gar nicht anwesend ist, für die er sich stark macht.

Aber das war in meiner Jugend. Da war Sex noch etwas Besonderes und man hatte ja noch nicht alles ausprobiert und nachgespielt, was man einmal in einem Pornofilm gesehen hat.

Aber jetzt, als alter Siggi, da reicht die Gewissheit, dass ich heute Abend Sex haben werde, nicht mehr aus, um schon am Nachmittag geil zu werden.

Wer verstanden hat, dass Sex mit Liebe nichts zu tun haben muss und wem es nichts ausmacht, für Sex zu bezahlen, der hat die theoretische Möglichkeit, an einem einzigen Tage 130 Frauen in der Lupinenstraße Mannheims zu vögeln und wenn es nicht ausreicht nochmal 600 im Bahnhofsviertel von Frankfurt. Das sind rechnerisch 730 Frauen. An einem Tag ist das natürlich nicht zu meistern, aber in einem Jahr schon eher: 2 Mal am Tag, 365 Tage hintereinander, das macht 730 im Jahr.

Was ich damit sagen will: Wer jeden Tag theoretisch so oft bumsen kann wie er nur will, der ist irgendwann so satt, dass er erst mal hungern muss um wieder Appetit zu bekommen.

Ist das nicht ein geiles Kopfkino? Stell dir vor, du stehst vor einem riesigen Buffet, auf dem sind 20 knusprige Hühnchen angerichtet, die spreizen alle ihre Beine und stöhnen in ihrem Mösensaft und alle wollen von dir vernascht werden. Und du hast keinen Appetit. Solche Probleme hat man dann.

Hoppla, da gibt es so ein Sprichwort, das heißt:

Der Appetit kommt beim Essen.

Was für einen moralisch anständigen Normalbürger undenkbar wäre, kann man als Unmoralo ohne Gewissensbisse machen: Das Vorspiel zum Aufgeilen machst du mit einer anderen, als mit der, mit der du das Hauptspiel machst.

Das ist ungefähr so, als würdest du in das eine Restaurant gehen und die Suppe als Vorspeise essen und dann wechselst du das Lokal und bestellst dort die Hauptspeise. Du hast dein Geld in zwei Restaurants verteilt und hast zwei verschiedene Ambiente gehabt.

Wenn Polygamie erlaubt wäre, würdest du zwecks Vorspiel zu Ehefrau eins ins Zimmer gehen und zwecks Höhepunkt zu Ehefrau zwei.

Warum keinen Dreier mit beiden? Weil die andere stört, wenn du dich auf eine konzentrieren willst. Ein Dreier, das ist ein anders Spiel. Da gib es ein Extra-Buch von mir: Gruppensex im Lotterbett.

Flotte Dreier sind mehr lustig und erotisch aber mit einer Frau alleine ist es geil, geiler, noch geiler, bis zum geilster Orgasmus.

Um die Geilheit richtig an die Grenze zur Explosion zu treiben und dann so lange wie möglich auf der Grenze zu balancieren ist es besser, wenn da keine zweite Frau deine Grenzerfahrung mit der einen stört.

Weil ich als älterer Herr zwar ganz vielen Hühner vom Buffet vernaschen will, aber nur die Kraft habe für einen Orgasmus pro Puffbesuch, gehe ich manchmal zu einer, die mich nur aufheizen soll für die Traumfrau, mit der ich anschließend meine Sinne und Spermien verlieren möchte.

So habe ich dann das Vergnügen, mit mehr Frauen im Bett gewesen zu sein, als ich eigentlich schaffe.

Bleiben wir mal beim Beispiel von reichhaltigem Buffet. Stell dir vor, du darfst von allem, was da angeboten wird naschen, aber du darfst es nicht runterschlucken. So wirst du nie satt aber dein Appetit wird immer größer.

Irgendwann übermannt dich der Heißhunger und du verschlingst die Hühner wie ein hungriger Wolf das Schäfchen mit Haut und Haar

Ich nenne es „Vorglühen."

Die Kids, die nicht so viel Geld haben, um sich in der Disco richtig besaufen zu können, die praktizieren das auch: Sie treffen sich erst bei jemand zu Hause zum Vorglühen und schütten sich billigen Vodka mit Energydrink rein. Dann sind sie schon besoffen, bevor sie ausgehen. In der teuren Disco trinken sie dann nur so viel, wie sie brauchen, um ihren Alkoholspiegel oben zu halten.

Beim Saufen gilt: Gut vorgeglüht ist länger besoffen und beim Sex gilt: Ein gutes Vorspiel macht geiler.

Im Frankfurter Bahnhofsviertel sind Laufhäuser, darin arbeiten Hühner, Hasen und Mäuschen, die verlangen nur 20, 25 oder 30 € für ein Stelldichein.

Es ist also gar nicht schwer, bei 4 Frauen einzukehren und am Ende hast du nur 100€ ausgegeben. Ein Menu mit vier Gängen im Restaurant kann dich auch so viel kosten, aber du gehst ungefickt nach Hause.

Da geh ich doch lieber in den Puff statt ins Restaurant. Im Restaurant fresse ich Kohlehydrate im Sitzen. Im Puff muss ich für den nächsten Gang Treppen laufen und dann wird eine junge, sexy Bedienung mir helfen, Kalorien zu verlieren.

Bedienung ist mir gerade in den Sinn gekommen. Im Restaurant kommt eine Bedienung und bringt dir Essen, im Puff wählst du eine Bedienung, die bringt dich zum Höhepunkt. Puff ist gesünder.

Für ein 4 Gänge Sex-Menu gehe ich durch 4 Flure im Laufhaus. Da nasche ich nackte Hühner, Häschen, süße Mäuse bis ich gut vorgeglüht bin. Glühen bis die Glut so heiß ist, dass das Sperma rausschießt wie heiße Lava aus einem explodierendem Vulkan.

Genug geschrieben vom Vorglühen durch sexuelle Vorspiele bei verschiedenen Sexdienstleisterinnen

Jetzt die Geschichten, die ich real erlebt habe.

Das Mäuschen

Was machst du, wenn du einen Kumpel in der Kneipe triffst, der von einer süßen Maus in der Lupi erzählt und sie in den höchsten Tönen lobt? Klar, du fragst in welchem Mauseloch sie zu finden ist und bittest ihn, sie dir vorzustellen.

So kam das mit Sylvia. Der Kumpel ging zusammen mit mir ans Fenster ihres Mausbaus und stellte mich als einen guten Freund vor. Das Mädel stellte er mir als „braves Mäuschen" vor, nicht nur korrekt, sondern sehr gut. Das Mäuschen war geschmeichelt, verlegen und kicherte ein wenig.

Die Maus heißt Sylvia, ist Bulgarin und 25 Jahre alt. Sie hat irgendeinen dunkelblonden Farbton in ihrem Haar. Das ist asymmetrisch geschnitten und keine kurze Kurzhaar- aber auch keine Langhaar-Frisur.

Sie hat ein verschmitztes, spitzbübisches Gesicht, aber nicht knabenhaft, sondern doch weiblich. Die Äuglein blitzen aufmerksam und lustig.

Sie ist ein wie ein Mäuschen.

Aber ich wollte sie nicht. Meiner Meinung nach fehlte der Maus eine gewisse Ausstrahlung. Irgendwie hatte die Maus zu wenig Sexappeal. Eine Schönheit ist sie auch nicht. Eher so eine graue Maus, die man irgendwo an der Straßenbahn-Haltestelle sieht aber man beachtet sie nicht und sieht sich auch nicht nach ihr um oder ihr hinterher.

Sie konnte nicht den Tiger in mir wecken, der die Maus vernaschen will. Oder den Adler in mir.

Also versuchte die Maus sich dem Raubvogel schmackhaft zu machen und bot an, dass er sich doch auf sie stürzen und sie vernaschen sollte.

Wie Raubvögel das mit Mäusen normalerweise machen.

Ihre Frage, ob ich zu ihr rein kommen wollte, beantwortete ich diplomatisch mit:

„Nein, jetzt nicht."

„Später?"

„Nein, heute nicht."

„Morgen?"

„Vielleicht"

„Morgen sicher, okay?"

„Vielleicht."

Vielleicht. Man will ja nicht unhöflich sein.

Und man soll niemals nie sagen.

Drei Lupinächte vergingen und immer wieder kam ich an ihrem Fenster vorbei. Die Maus sprach mich stets freundlich an und erinnerte mich daran, dass ich sie doch auch einmal besuchen wollte.

Weil sie die Maus eines Kumpels ist, muss ich natürlich freundlich zu ihr sein aber ich vertröstete sie stets.

Dann kam der Tag, da wollte ich zu Katja, dem rassigen Kätzchen. Ja, ich hatte mir heute vorgenommen, mir die Katja zu nehmen. Ich wollte richtig geil für die schöne Katze sein.

Vor Katja wollte ich eine andere Maus.

Zum Vorglühen.

Maus? Zum Vorglühen könnte ich ja endlich die Sylvia mal besuchen und mein Versprechen einhalten, sie irgendwann zu besuchen. Dieses Mäuschen, die einem eigentlich gar nicht auffällt, die man normalerweise übersieht. Korrekt soll sie sein, hat der Kumpel gesagt und weil sie weiblich ist, wird sie es also auch irgendwie schaffen, meine Hormone so ins Wallen zu bringen, damit ich Appetit auf Geilheit bekomme und für Katja vorgeglüht bin.

Es ist früher Abend und es ist noch hell und nicht viel los in der Lupinenstraße, dem Puff mit den vielen Laufhäusern.

Auf dem Weg zur Maus kommt man bei Katja vorbei. Ich bleibe bei der hellblonden Katja stehen und genieße kurz den Anblick ihres schlanken Model-Körpers und schau in ihr junges Gesicht. Ganz sicher will ich diese Katze heute haben. Ich sage Katja, dass ich später zu ihr kommen werde. Sie ist sich natürlich nicht sicher, ob ich auch wirklich kommen werde, weil ich ihr gestehe, dass ich vorher noch zu einer anderen „muss". Dann gehe ich weiter, Richtung Sylvia.

Ich will Vorglühen und muss eine Pflichtnummer erledigen. Damit schlage ich drei Fliegen mit einer Klappe. Ich kann vorglühen und mein Versprechen bei Sylvia einhalten, und ich kann meinem Kumpel danken, dass er mir eine gute Empfehlung gegeben hat. Er wäre beleidigt, wenn ich seine Empfehlung nicht ernst nehmen und ausprobieren würde.

Sylvia beugt sich wie immer über das Fensterbrett. Dabei stützt sie ihren Oberkörper auf die vor der Brust verschränkten Arme. Man kann eigentlich kaum etwas von ihr sehen, außer ihr verschmitztes Mausegesicht. Ich bleibe vor ihr stehen und schau zu ihr hoch.

„Hallo, wie geht es dir?", fragt sie in korrektem Deutsch, wie Bulgarinnen es aus dem Wörterbuch gelernt haben.

„Danke gut. Und dir?"

„Auch gut. Willst du heute reinkommen?"

„Ja."

Sie strahlt, als hätte sie ein Geburtstagsgeschenk überreicht bekommen und entschwindet vom Fenster, um zur Haustür zu laufen und sie mir zu öffnen.

Ich gehe zum Hauseingang und stehe vor der noch verschlossenen Tür. Dann geht die Tür auf und ich sehe... Huch? Erst mal nichts.

Da unten ist ja die kleine Maus. Ja, sie steht vor mir und ist so klein, dass sie mir nur bis zur Brustmitte reicht. Wenn man geradeaus schaut, sieht man sie nicht. Man muss nach unten sehen, um sie zu entdecken. Ich schätze sie mal auf 140 Zentimeter, kann sein, dass es 5 cm mehr sind.

Die Maus ist tatsächlich nur ein Mäuschen.

Sie schaut zu mir hoch und strahlt mich an. Sie ist klein wie ein Kind aber definitiv Mitte zwanzig. Die 25 Jahre sieht man ihrem Gesicht an, es ist nicht jung wie das von einem Teenie. Aber sie ist soo klein! Ich kann es kaum fassen, welche Varianten die Natur in die Welt setzt.

Sie geht voraus. Ich folge. Sie ist bestimmt 3 Treppenstufen vor mir und schon entsprechend höher gestiegen, aber ich, der ich ihr folge, bin gefühlt immer noch größer als sie. Ich sehe ihren Miniarsch im Slip und ihre kurzen Beinchen. Sie muss ein Fliegengewicht sein. Das kann ja heiter werden.

Im Zimmer angekommen überreiche ich ihr den Obolus und sage: „Für 20 Minuten ein bisschen Spaß haben.", denn ich weiß noch gar nicht ob ich sie ficken werde. Ein bisschen Massage zum Vorglühen als Vorspieel für Katja würde mir reichen. Meine Ansprüche waren sehr niedrig an die von meinem Kumpel so hoch gelobte kleine Sylvia.

Sie verstaut das Geld und wir ziehen uns gleichzeitig aus, jeder für sich.

Die kleine Maus hat definitiv Busen. Natürlich sind es kleine, zu ihr passende Brüste. Ich winke sie zu mir, damit sie genau vor mir steht. Sie kann mir an meinen Brustwarzen nuckeln, ohne dass sie sich bücken muss. Tut sie aber nicht. Sie blickt zu mir hoch und ich auf sie herab. Sie strahlt vor Glück, als hätte ich sie gerade geheiratet. Sie ist irgendwie süß.

Ich gehe vor den großen Spiegel im Zimmer, damit ich uns beide nebeneinander stehen sehen kann, Ich drücke sie im Stehen an mich. Sie schmiegt den Kopf auf meine Brust. Größere Mädchen können den Kopf an meine Schulter legen, ihrer liegt auf meinem Oberkörper.

Das Mäuschen beginnt, unten an mir zu spielen.

Es kommt, was kommen muss: Mein Gerät fährt zu voller Größe aus und die Kleine kriegt natürlich einen Schreck. Glücklicherweise einen positiven.

„Wow, ist der aber groß!", sagt sie bewundernd.

Ich grinse und freue mich über das Kompliment.

Noch immer irritiert von ihrer Miniatur-Statur bitte ich sie, sich auf das Bett zu stellen.

Die Minimaus fragt nicht warum und nicht wieso.

Jetzt steht sie vor mir auf dem Bett. Und ich stehe vor dem Bett. Sie ist jetzt gerade mal so groß wie ich. Zumindest wirkt es so. Hammermäßig. Mein Schwanz auch. So eine kleines Mäuschen hat der auch schon lang nicht mehr gesehen.

Weil Sylvia auf dem Bett steht, ist ihr Kopf jetzt ungefähr in gleicher Höhe wie meiner. Sie beugt sich nach vorne und busselt mein Gesicht ab.

Wie bitte? So was hab ich ja echt nicht erwartet. Meine Wangen, die Stirn, sogar meinen Mund. Den Zungenkuss lässt sie aus, aber die Küsserei ist schon irgendwie geil.

Dann geht sie auf die Knie, montiert das Gummi und fängt an zu Blasen. Ich steh noch immer vor dem Bett. Die Maus bläst. Ich schnaufe.

Nach einer Weile legt sie sich auf den Rücken und spreizt ihre Beine.

Nein, sie hat keine Angst vor dem großen Mann von ca 180cm der mehr als doppelt soviel wiegt wie sie und der jetzt gleich über sie kommt. Mein Schwanz sieht bedrohlich groß aus, aber sie hat auch vor ihm keine Angst.

Vorsichtig dringe ich in sie ein, damit sie Zeit hat „Stop" zu sagen.

Aber nein, sie beginnt nicht rumzuzicken, mein Schwanz wäre zu groß. Im Gegenteil. Sie atmet beim Bumsen lustvoll, zieht meinen Kopf zu sich herunter und verteilt stöhnend Küsse in meinem Gesicht. Ich bin begeistert.

Ich schaue in ihr Gesicht. Sie hat jetzt die Augen geschlossen und konzentriert sich darauf, was mit ihr passiert. Dabei stöhnt sie genussvoll und ich kann wirklich keine Spur von Schmerz oder Missbehagen in ihrem Gesicht erkennen. Ich küsse sie auf ihre Wangen und sie erwidert sofort wieder mit viel Küsserei.

Meine Geilheit nimmt zu, das Vorglühen wird zur Glut. Ich muss aufpassen, dass ich nicht einen Höhepunkt in der Maus erlebe, den Orgasmus will ich doch eigentlich mit der Katze haben.

Stellungswechsel ist angesagt. Raubvogel unten. Maus oben. Ich lege mich passiv hin und überlasse ihr die Verantwortung, wie sie sich auf mich setzt und wie tief ich in sie eindringen werde.

Sie schimpft ein bisschen über meinen großen Schwanz, aber es ist nicht ernst gemeint. Sie setzt sich tapfer drauf und beginnt mit Reiten, als hätte sie schon größere Schwänze geritten. Dann beugt sie sich nach vorne und beginnt schon wieder mein Gesicht abzuknutschen.

Ich unterbreche ungern, aber ich muss mich beherrschen. Ich muss jetzt etwas weniger Geiles mit ihr anstellen, damit die Maus mich nicht zum Höhepunkt bringt. Die heiße Glut in mir muss wieder auf geringere Vorglüh-Temperatur zurückgefahren werden.

Also unterbreche ich ihre Reiterei durch ungeduldige, unerotische Bewegungen meinerseits und sage: „Aufstehen."

Dann steige ich aus dem Bett, stehe vorm Bett.

Sie deutet das als meinen Wunsch, die Hündchenstellung machen zu wollen, geht auf die Viere, hält mir den Arsch hin und wackelt mit dem Popöchen. Na gut, denk ich mir, machen wir das auch noch. Ich muss in die Knie gehen, so klein ist sie. Ich habe den Miniarsch von dieser Minimaus vor mir. Das hat schon was. Ich beginne, meinen Kumpel zu verstehen, der von ihr schwärmt.

Bevor ich hier tatsächlich zum ungewollten Abschuss komme, muss ich unbedingt noch mal die Stellung wechseln. Ich bitte Sylvia, sich aufzustellen.

Sylvia steht wieder vor mir. Auf dem Bett. Ich vor dem Bett. Ich bitte sie, näher zu treten. Sie tritt näher. Ich komme näher an sie heran. Sie lacht, versteht und macht die Beine etwas auseinander. Breitbeinig steht die kleine Maus auf dem Bett, nahe der Bettkante und tatsächlich: Ich konnte mich mit ihr im Stehen vereinigen.

Dann greife ich mit meinen Händen ihre beiden Arschbacken, hebe das Fliegengewicht hoch und jetzt schwebt sie in der Luft, festgenagelt auf meinen Schwanz.

Ich mache eine 180 Grad Körperdrehung und jetzt hat sie kein sicheres Bett mehr unter sich. Ich laufe mit ihr durchs Zimmer. Nein, sie kann nicht runterfallen, denn ich habe sie ja an den Arschbäckchen und sie ist auf meinen Schwanz gespießt. Sie stößt typisch weibliche Schreie aus, wie die Mädels es beim Achterbahnfahren machen. Oder soll ich schreiben: Sie piepste und quietschte wie eine kleine Maus.. Es macht uns beiden echt Spaß. Nachdem ich ein paarmal mit ihr durchs Zimmer auf und abgegangen bin, setze ich sie über dem Bett wieder ab.

„Du bist ein Sex-Maniac!", schimpft sie lachend und ergänzt:

„Willst du weiter machen? Die Zeit ist aber um."

Ein klarer, freundlicher Hinweis, dass ich die Zeit Upgraden und Geld nachschießen müsste, wenn ich jetzt noch bleiben würde.

„Huch? Die Zeit ist schon vorbei? Egal. Es war toll mit dir.", sage ich lachend.

Ich demontiere das Gummi und schmeiße es in den Müll.

Die zwanzig Minuten sind um, ich hatte eine Menge Spaß mit der kleinen Maus.

Jetzt aber schnell zu Katze Katja.

Siggi wollte nur vorglühen und ist jetzt richtig heiß.

Wird Katja die Glut in Siggi noch weiter anheizen können? Kann Katja dieses Katz- und Mausspiel zu einem Ende bringen das geiler ist als es das Spiel mit der Maus war? Verpassen Sie nicht die Fortsetzung dieser Fick-Seifenoper

Katze Katja

Sie ist ein Model und sie sieht gut aus.

Katze Katja ist von der Optik genau das Gegenteil von der Maus, von der ich gerade komme.

Katja ist groß und schön wie ein Model.

Sie ist mindestens 175 cm groß und mit ihren High Heels über eins achtzig und größer als ich. Sie hat eine Figur, die es wert wäre, im TV gezeigt zu werden. Bei einem Modelcasting. Vor Millionenpublikum und vor einer Prominentenjury.

Die Katze hat eine kesse, blonde Frisur, himmelhoch reichende, schlanke Beine und schöne, nicht ganz ausgereift wirkende Titten. Wie eine 16jährige, bei der ein Busen heranwächst, der später ein ganzes C Körbchen füllen muss. Mädchen mit solchen Brüsten hatte ich damals, als ich selbst ein Teenager war und noch mit Teenies ins Bett gehen durfte. Jetzt, als erwachsener Mann darf ich ja nur noch mit volljährigen Mädels ins Bett gehen. Also ist es schön, solche schönen Brüste ab und zu an einer volljährigen 21jährigen wiedersehen zu können. Katja hat solche Brüste und daher viele Stammkunden.

Ich bin auch einer von ihr.

Die blonde Katja hat große, freundlich strahlende Augen, ein kantig, schönes, markantes Gesicht und einen Mund mit schmalen Lippen, der stets freundlich lächelt. Sie ist Polin, man sieht es ihr aber nicht sofort an. Sie könnte eine Deutsche Katze sein.

Ich bin vom Vorglühen bei der kleinen Maus total geil und stehe nun vor Katjas Fenster. Sie hängt nicht am Fenstersims wie die Maus. Das Fenster ist groß und die Katze steht aufrecht darin, so dass man auch ihre langen Beine sehen kann.

Die Katze hat ein schwarzes, gefranstes Miniröckchen an, dessen 5 cm Kürze den Namen Rock nicht verdient. Oben rum hat sie ein knallrotes Ding das sich nicht entscheiden kann, ob es ein BH oder Bikinioberteil sein will.

Ihr Traumbusen ist ein wenig gepusht, ich weiß aber genau, dass er nackt noch schöner aussieht, als in der Verpackung. Und das ist gut so, weil es leider nicht immer so ist, aber bei Katja ist es so.

Ich weiß nicht, ob sie mir die Geilheit ansieht, die bereits durchs Vorglühen in mir brodelt. Sie lächelt glücklich, denn ich bin wieder gekommen. Ich stehe vor ihr und sie fragt: „Willst du?", und ich nicke nur wortlos.

Katja schließt das Fenster und ich betrete das Laufhaus. Im Erdgeschoß treffen wir uns wieder.

Sie ist so groß, dass ich fast das Gefühl habe, als lächelt sie von oben auf mich herab, als sie sich vorbeugt um mir ein Begrüßungsküsschen zu geben. Dann geht sie die Treppenstufen vor mir her. Wir müssen bis hinauf, in den 3. Stock.

Treppensteigen mag beschwerlich sein. Aber Katjas Beine vor sich zu sehen, ist jede Treppenstufe wert!

In High Heels stakelt sie wie ein Model beim Lauf-test in der Castingshow die steilen Stiegen hinauf und der Genuss des Anblicks ihrer schlanken Beine wird nur noch übertroffen vom Blick auf ihren knackigen, runden, muskulösen Po.

Oben angekommen steht sie vor der verschlosse-nen Tür, die sie öffnet, während sie lächelnd Blick-kontakt zu mir hält. Wir treten ein. Ich stehe da und bin geil auf sie, dabei habe ich noch all meine Klamotten an. Vorglühen bringt's.

Im Zimmer legt sie den Arm um meine Schulter und kommt mir mit ihrem Gesicht bis auf 3 Zenti-meter nah, als wolle sie mir gleich einen Kuss ge-ben. Sie strahlt mich an. Mit ihren High Heels ist diese Traumfrau in Modelstatur einen Tick größer als ich und somit eine Schönheit, die ich in freier Wildbahn, also in der Disco, wohl nie beeindrucken könnte, weil ich für sie wohl zu klein wäre. Aber in diesem Moment zählt nur, dass sie schön und groß und für mich da ist.

Die Katze greift mir sofort zwischen die Beine. Sie muss es gesehen haben, dieses geile Leuchten in meinen Augen, so scharf wie sie rangeht.

„Ich helfe dir bei Ausziehen.", sagt sie, und macht meinen Reißverschluss auf. Sie öffnet meinen Gürtel, knöpft den ersten Knopf der Hose auf. Schupps ist ihre Hand in meiner Hose und sofort hat sie meinen Schwanz aus der Unterhose geholt und stellt fest, dass ich sie bereits heiß begehre.

„Oh, schon so hart?"

Bestimmt hätte ich sie bremsen können, aber so gut wie ich vorgeglüht bin, habe ich überhaupt nichts gegen diese forsche Art. Sie hört aber schon wieder auf und sagt:

„Jetzt musst du mir bei Ausziehen helfen."

„Moment, erst mal ich.", sage ich.

Meine geöffnete Hose ist schon etwas nach unten gerutscht. Schnell die Schuhe aus und die Hose runter. Katja knöpft mir das Hemd auf

Das dauert ein wenig und ich knete währenddessen ein wenig ihre Oberweite, die noch im BH verpackt ist.

Als alle Knöpfe meines Hemdes offen sind, nehme ich etwas Abstand von ihr, ziehe das Hemd aus. Es fliegt in Richtung Sessel, landet halb auf dem Fußboden, aber so ist das, wenn man geil ist und anderes im Kopf hat, als die Klamotten ordentlich zusammenzulegen.

Jetzt stehe ich nackt und erregt vor diesem großen, blonden Model, das ein Minifetzchen um die Hüfte hat welches andeutet, dass hier die langen Beine beginnen.

Ich mache etwas, was ich mir immer erträume, wenn ich ein Topmodel auf einem Laufsteg sehe: Ich nehme sie an der Hand, ziehe sie zu mir her und führe ihre Hand an meinen Schwanz, damit ich nicht selber auf diesen Anblick wichsen muss.

Katja greift ungeniert zu und massiert nicht zu sanft und nicht zu fest. Natürlich schaut sie dabei nach unten, um mein Prachtstück zu bewundern.

Währenddessen öffne ich ihren BH und werfe ihn auch auf den Sessel.

Schärfer und geiler als Hollywood

Dann drehe ich mich hinter sie, umfasse ihre Hüfte von Hinten. Sie steht vor mir, ich hinter ihr, wir stehen vorm Spiegel, es sieht herrlich aus!

Und mein Penis liegt auf ihrer Arschbacke.

Ich stelle mir vor, dass ich so ein alter Knacker bin, der in der Jury einer Misswahl ist und sie lässt sich mit mir ein, um mehr Punkte von mir zu bekommen, um die Siegerin der Misswahl zu werden.

Im realen Leben hätte ich jetzt einen #metoo – Skandal am Hals, aber im Puff kann man solche Fantasien ausleben.

Es ist mein persönliches Kopfkino, mein Rollenspiel, von dem sie nichts mitkriegt, aber das mich noch schärfer werden lässt. Das Model wichst den Regisseur. Die Katze verführt den alten Hasen

Sie greift mit einer Hand nach hinten, massiert weiter meinen Schwanz. Ich greife ihre andere Hand und führe sie nach oben und lege sie auf meinen Hinterkopf. Wir stehen vorm Spiegel in der gleichen Stellung, in der Baby und der Tänzer bei Dirty Dancing zu Beginn ihres Tanzes stehen. Der Tänzer im Film sieht zwar besser aus als ich, aber ich bin glücklicher als der Filmschauspieler. Denn meine Katze ist nackt und sieht einfach nur geil aus und ich bin geil.

Es ist nicht nur eine toll anzusehende Pose des Models, sondern es ist geil geil geil, weil sie meinen Schwanz in der anderen Hand hält. Das hat Baby im Hollywoodfilm nicht gemacht, beim Dirty Dancing. Aber die Katze in der Lupi, die macht das.

Ich halt es nicht mehr aus, ich muss jetzt mit diesem langbeinigen Model ins Bett. Sie geht mit. Wir blenden hier aus. So wie Hollywood das immer macht, wenn die Liebe pornografisch wird.

Osterei: Sie ist ein Model und sie sieht gut aus.
(Kraftwerk, Song „Das Model")

Selena Fox, die Füchsin

Weil ich gerade von Hollywoodfilmen und Traum-fantasien geschrieben habe, fällt mir Selena ein. Dieser verdanke ich auch, dass ich einen Traum im wahren Leben erleben konnte.

Kennt jemand noch das Busenwunder Samantha Fox? Die war ziemlich klein und hatte große Brüs-te. Im Verhältnis zu ihrer geringen Körpergröße wirkte ihr Busen noch größer, als er wirklich war. Diese Relation machte sie damals zum Busenstar und ihre Fotos waren auf allen großen, namhaften und auch kleinen Männermagazinen auf der Titel-seite und auf herausnehmbaren Postern. Später ist sie dann Sängerin geworden. Rock Songs.

Ich glaube, jeder Mann, der in den Siebziger Jahren pubertiert hat, hat schon mal auf ein Foto von Sa-mantha Fox draufgewichst. Sie hatte so einen schönen Busen, dass sie weltberühmt wurde und auch in Wikipedia mit einem Eintrag geehrt wird:

54

Erste Bekanntheit erlangte sie, als sie sich 1972, im Alter von 16 Jahren den Lesern der britischen Tageszeitung The Sun als das Mädchen von Seite 3 oben ohne präsentierte. Sie wurde in den darauf folgenden Jahren eines der bekanntesten Pin-Up-Girls Großbritanniens, vor allem deshalb, weil sie über eine ausgesprochen große und natürliche Oberweite verfügte. Im Jahre 1983 ließ sie sich ihre Brüste für 500.000 Dollar versichern. 1986 erschien auf mehreren Plattformen das Computerspiel Samantha Fox Strip Poker, das digitalisierte Monochrom-Fotos von Samantha Fox enthielt. Später erlangte Fox auch als Sängerin Bekanntheit.

Auch ich war bzw. bin ein großer Busenfan von ihr. Damals gab es kein Internet, kein Youporn und kein Pornhub und wie sie alle heißen, diese Pornoseiten wo man Millionen von Videos gratis anschauen kann.

Die Fotos der nackten Frauen in den Männermagazinen mussten als Wichsvorlage reichen. Als ich Samantha Fox das erste Mal in einem Sexmagazin abgebildet sah, war ich ihr sofort verfallen. Ich wichste beim Betrachten ihrer Bilder und konnte nicht genug Bilder von ihr sehen. Kaufte jedes Magazin, wo sie drin abgebildet war.

Was mich traurig stimmte war, dass ich wohl nie im Leben das Glück haben würde, solch schöne Brüste einmal anfassen und küssen zu können. Das war damals, als ich jung war und noch an die Liebe glaubte. Da landeten nur die wenigen Mädchen in meinem Bett, die meine „Freundin" waren.

Zwar hatte ich ziemlich viele Freundinnen und eine Ehefrau in der Zeit zwischen meinem 18. und 40 Lebensjahr, aber eine Frau mit Traumbusen wie Samantha Fox sie hatte, war unter diesen Freundinnen nie dabei. Auch später, bei den Prostituierten war nie eine Füchsin wie Samantha dabei.

Kommen wir zurück zum Vergleich mit dem Buffet, wo mehr Köstlichkeiten aufgebaut sind, als du essen kannst. Als Single, der nicht in den Puff geht, sind die Damen in der Kneipe gar nicht wirklich im Angebot und du gehst verhungernd nach Hause. Im Puff, da kannst du alles haben und suchst nur noch das Beste für Dich. Oder naschst hier und da.

Das Buffet von dem ich jetzt schreiben werde, ist das Rotlichtviertel in Frankfurt. Dort sind circa 1000 Frauen, die sich in den zahlreichen Laufhäusern der Moselstraße, Elbestraße und Taunusstraße anbieten.

Selena arbeitete in der Taunusstraße 26, im Vorderhaus, im 4 Stock, Zimmer 45. Heute wohl nicht mehr, aber damals habe ich mir die Adresse aufgeschrieben, damit ich mein Füchschen schnell wieder finde.

Ein menschliches Hirn speichert doch wirklich alle im Leben erhaltenen Informationen und kann sogar nach vielen Jahren noch die richtigen Analogien finden und Assoziationen knüpfen. Alles je von deinem Hirn registrierte ist irgendwie im Unterbewusstsein abgespeichert und wird ständig verglichen mit dem, was gerade um dich herum abgeht. So kriegst du ein Gespür für Situationen. Du erkennst wann eine Gefahr droht oder ob die Menschen um dich herum freundlich sind. Man nennt das Erfahrung und Menschenkenntnis.

Also weiter im Text: In der Tür des Zimmer 45 stand das circa 150 cm kleine Füchslein und als ich vor ihr stehen blieb, da sagte sie ihr Sprüchlein auf und verriet, dass sie Rumänin ist und 20 Jahre alt.

Ihr freundliches Lächeln im hübschen Gesicht addierten sich zu meinen im Unterbewusstsein gespeicherten Erinnerungen und Erfahrungen und wahrscheinlich hat mir mein Unterbewusstsein geraten, zu Selena ins Zimmer zu gehen.

Als ich zu ihr ins Zimmer rein bin, habe ich noch nicht gewusst, dass sie einen Traumbusen hat wie Samantha Fox. Aber ich wette, mein Unterbewusstsein hat es geahnt und deshalb habe ich mich entschieden, genau dieses Mädchen zu besuchen, dieses eine aus 1000 anderen im Angebot der Frankfurter Laufhäuser.

Selenas Sexdienstleistung war zufriedenstellendes Standardprogramm. Sie war schon ein erfahrenes Mädchen, das weiß, dass viele Männer wegen ihres Busens zu ihr reinkommen.

Man darf ihn anfassen, streicheln, küssen, kneten. Zwischendurch bekam ich auch mal ein Küsschen von ihr auf die Wange. Je länger ich ihren Busen ansah und anfasste, desto besser gefiel er mir.

Nach einem ausgiebigen Ritt und gewünschtem nächsten Stellungswechsel seufzte sie ein bisschen, so in der Art: Was für eine Knochenarbeit, bis der Alte endlich fertig ist und seinen Höhepunkt kriegt, aber sie lächelte mich wieder süß an, als sie unter mir lag und beantwortete meine Küsschen auf ihre Wangen mit ihren Küsschen auf die meinigen.

Nach der Nummer trank ich ein kaltes Bier in der Pizzeria neben dem Laufhaus und genoss die Erinnerung an die Nummer mit dem Mädchen mit dem Traumbusen. Plötzlich kam das Deja Vu. Mein Unterbewusstsein stellte eine Verbindung zwischen Selena und Samatha Fox her. Erst war es so ein Gefühl und dann war ich mir ganz sicher. Und ich wurde geil und wollte gleich wieder mit Selena Fox ins Bett. Aber ich kann nicht sofort wieder, das kriegt der alte Siggi nicht mehr hin.

Ich nahm mir vor, ein bisschen spazieren zu gehen und sie in ein paar Stunden mit meiner Rückkehr zu überraschen. Was ich dann auch tat.

Selena war meine Samantha Fox. Ich durfte ihre Brüste anfassen, kneten, küssen. Für nur 30 €. Aber dass die Füchsin den Traum meiner Jugendfantasien wahr gemacht hatte: Unbezahlbar!

Ein gern geteilter Satz fällt mir ein: Träume nicht dein Leben, lebe deine Träume! Feuchte Träume kannst du echt im Puff ausleben.

Jetzt muss ich noch einen draufsetzen. Gibt es Leser unter Euch, die an Gott glauben und deshalb der Meinung sind, dass alles, was wir erleben vom Schicksal vorherbestimmt und von Gott gewollt ist? Wenn das stimmt, so danke ich Gott, dass die zwanzigjährige Selena sich die Haare blond gefärbt hat und im Puff arbeitete, gerade als ich zufällig auf der Suche nach einem Fick war. Zufällig? Nein. Wenn alles vorherbestimmt ist, dann hat Gott mich zu Selena geführt, damit ich meine Träume von Samatha Fox mit ihr erleben durfte. Halleluja.

Wer nicht weiß, wie Samantha und dieser Traumbusen aussah, der muss Google Bilder suchen mit den Suchwörtern: „Samantha Fox topless."

Bumse deine Traumfrau

Diese Story widme ich allen Traumfrauen.

Ich gehe in eine meiner Stammkneipen. Seit einiger Zeit bieten sie hier Karaoke an. Aus Spaß singe ich das Lied von der Reeperbahn nachts um halb eins ob du ein Mädel hast oder auch keines, ja das findet sich, in der Neckarstadt, nachts um halb eins.

Logisch für Geld. Die Frauen im Lokal fahren total auf das Lied und auf mich als Sänger ab. Sie ahnen ja nicht, wie sehr ich mich mit diesem Lied identifizieren kann, da ich tatsächlich die käufliche Liebe mit jungen hübschen Mädchen genieße.

Eine Clique mit jungen Menschen um die Zwanzig kommt ins Lokal sie wollen Karaoke singen, Es ist ein Mädchen dabei, die sieht aus, als wäre sie die Schwester von Anja, der blonden Polin, die ich regelmäßig in der Lupinenstraße für Sex bezahle.

Mein Herz schlägt etwas schneller. Ich sehe dieses wunderschöne Mädchen und weiß, dass ich sie als Mann über fünfzig nie erobern könnte. Damals, als ich Mitte zwanzig war, da wäre es mir gelungen.

Ich spreche sie an, und erfahre, dass sie Marlene heißt. Ich sage ihr, dass sie schön ist und der Traum aller Männer, egal ob die Männer jung oder alt sind. Vielleicht war es falsch. Vielleicht wird sie jetzt eingebildet. Mir egal. Ich wollte ihr sagen dass sie hübsch ist und ich sagte es ihr.

„Ich werde das nächste Lied für dich singen, Marlene, bitte hör es dir an."

Als ich an die Reihe komme sage ich durchs Mikrophon: „Für Marlene." Marlene kommt vor die Bühne und hört mir zu, wie ich für sie singe: „17 Jahr, blondes Haar, wie find ich zu ihr," von Udo Jürgens.

Nach der Karaoke Veranstaltung gehe ich in die Lupinenstraße und habe Sex mit Anja, die so aussieht wie Marlene. Besser Sex mit einer Ersatz-Marlene, als ewig von Marlene träumen, für die ich zu alt bin. Anja ist meine Marlene im Bett. Heute denke ich an Marlene, während ich Anja bumse. Egal. Hauptsache, eine Traumfrau wie Marlene im Bett. Dafür liebe ich Anja, die junge Hure. Für Geld kann ich meine Träume von Marlene erleben.

Marlene war also unerreichbar, aber dank Anja war das Problem beseitigt. Weil ich an Marlene dachte, während ich Anja bumste und auf ihren schönen Körper sah. In meiner Phantasie war es ganz einfach der Körper von Marlene.

(Anja ist Hauptfigur im Buch „Sex oder Salsa")

Ich möchte nicht wissen, wie viele treue Ehemänner in ihrer Fantasie ihrer Ehefrau untreu werden, während sie mit ihrer Ehefrau schlafen. Umgekehrt soll es das übrigens auch geben. Die Frau denkt an einen anderen, während sie vom Ehemann gebumst wird. Aber Eheleute machen dann beim Sex wahrscheinlich die Augen zu, wenn der / die alt gewordene Ehepartner/in nicht so schön ist wie der / die Traumpartner/in.

Einem Puffgänger wie mir bieten sich da viel schönere Fantasiemöglichkeiten, wie die nächste Story beweist.

Die Siegerin der Misswahl

(Foto links ist symbolisch, © Elnur / Dreamstime)

Auf ihren High Heels ist Alexandra, das Lupinen-Mädchen, gleich groß wie ich. Sie ist ein schönes, großes Mädchen mit hellbraunen, langen Haaren, die ihr bis über die Schultern fallen. Ein sehr hübsches Mädchen von nebenan. Schön genug, dass sie bei der Wahl zur Miss Ludwigshafen in der Megadisco Music Park teilnehmen könnte und sogar Chancen hätte, auf den zweiten Platz zu kommen.

Wie komme ich auf den zweiten Platz? Nun, ich habe an jenem Tag im Mannheimer Morgen die Bilder der drei Erstplatzierten gesehen.

Alexandra sieht definitiv besser aus als die Mädchen, die es bei der Wahl zu Miss Ludwigshafen auf Platz 2 und Platz 3 geschafft haben.

Als ich Alexandra das erste Mal gesehen hatte, stand sie im Bikini vor mir. Es fehlte nur noch die Miss-Wahl-Sieges-Schärpe. Ich stellte mir vor, dass ich mit der Misswahl-Teilnehmerin im Bett war.

Kürzlich habe ich gelesen, dass in USA die Regeln für die Misswahl-Teilnahme geändert werden sollen. Die Kandidatinnen müssen sich nicht mehr im Badeanzug präsentieren. Die neue Chefin der Organisation will den Männern also die Sex-Fantasie rauben.

Alexandras Steckbrief:

sie nennt sich Alexandra

sie ist aus Bulgarien, irgendwo im Hinterland

sie kann ein bisschen Deutsch sprechen

sie zählt erst 20 jugendliche Lenze

mit ihren hohen Schuhen ist sie ca. 175 cm groß

sie passt wohl in Kleidergröße 38 rein

ihr Busen braucht bestimmt BH Größe C

sie hat glatte, schulterlange, hellbraune Haare

ein Solarium hat sie lange nicht besucht

ihre Haut ist zart wie in der Hautcremewerbung

ihre Äuglein konkurrieren mit denen von Bambi

ihr Verhalten ist m.E. etwas schüchtern jedoch höchst befriedigend.

Die Gewinnerin der Misswahl

Wer mein Buch „Lustlauf durchs Laufhaus" gelesen hat, der weiß, dass die Siegerin der Missen, die sich an den Fenstern und Türen der Laufhäuser präsentieren, diejenige Miss ist, die es schafft, dass ein Mann sie zu seiner Miss kürt. Analog ausgedrückt.

Nun, ich jedenfalls erklärte Alexandra mehr als einmal zur Siegerin meiner Misswahl.

Natürlich steht Alexandra nicht immer im Bikini in der Kobertür des Laufhauses, Eines Tages trug sie ein schönes, gepunktetes Sommerkleid. In Erinnerung an die Top-Bikinifigur buchte ich sie sofort.

Nachdem ich ihr Teenie-Zimmer (alles irgendwie rosa) betreten hatte, standen wir erst ein wenig verlegen herum. Ich überreichte ihr abgezählte 30 Euro und sagte:

„Für zwanzig schöne Minuten mit dir."

Ich glaube, sie hat nur „20 Minuten" verstanden, denn sie lächelte so, wie jemand lächelt, der nichts versteht, aber höflich sein will.

Sie verstaute das Geld, das eben noch meines war, in einer Schublade und ich begann, mich auszuziehen. Sie hatte dieses Sommerkleid an und sie wollte es gleich ausziehen.

Aber ich sagte: „Nein, bitte lass es noch an."

Sie sagte: „Ich nicht verstehen."

Da ging ich auf sie zu und zog das halb ausgezogene Kleid wieder hoch, dass es wieder ihren BH bedeckte. Dann stand sie wieder schüchtern im Jungteeniezimmer wartend vor mir und sah mir zu, wie ich meine Kleider auf dem Stühlchen im Zimmer ablegte.

Erst als ich ganz ausgezogen war trat ich auf sie zu und nahm sie in den Arm. Der nackte alte Mann und die schöne Unschuld vom Bulgarenland in ihrem Sommerkleidchen mit den Pünktchen.

Da bin ich geil geworden. Sie hat noch ein bisschen mit der Hand nachgeholfen, und ich bin noch geiler geworden. Dann habe ich meine Miss langsam und genüsslich ausgezogen.

Im Bett hat sie mich gummiert und geblasen. Dabei stellte ich mir vor, dass die Siegerin der Misswahl mich, das Jurymitglied sexuell bestechen will.

Nach einem Klaps auf ihren schönen Po schaute sie mich fragend an und durch meine Handbewegung als Antwort verstand sie, dass nun der nächste Showprogrammpunkt angesagt war.

Damit es besser flutscht verschmierte sie eine Ladung Gleitcreme auf meinem und auf ihrem Geschlechtsteil.

Ich missionierte sie in Zeitlupe, Slow Motion und ohne Zeitdruck. Währenddessen betrachtete ich aus meiner Liegestützenposition den schönen Körper und das hübsches Gesicht der Miss.

Gefühlsmäßig hätte ich ewig so weitermachen können. Sie spürte, dass ich keine Eile hatte und riskierte einen Blick auf die Uhr. Das nahm ich zum Anlass und hab halt auch mal auf die Uhr gesehen. Die Uhrzeit war kurz vor 20 Minuten nach Filmbeginn.

Aus Zeitmangel verzichtete ich auf die Doggy-Stellung und bat sie kurz vor Schluss noch in die Reiterposition. Reiten muss Alexandra noch lernen, aber ich kam dennoch pünktlich ans Ziel.

Während sie sich am Waschbecken die Muschi wusch, weil alles in und um ihre Jungmuschi von der verwendeten Gleitcreme verschmiert war, sah ich einen Stempel über dem Gesäß: Das Bunny-Logo der Firma Playboy AG. Alexandra ist nicht so hübsch wie ein Playboy-Bunny, aber eine der hübschesten Mädels der Lupi und meine Favoritin für die Misswahl im Laufhaus.

Aufmerksame Leser bemerken bitte, dass ich sie nicht halbtotgerammelt habe, sie weder oben noch unten mit meiner Zunge abgeschleckt habe und auch nicht meine Finger in sie reingebohrt habe, weder vorne noch hinten. Ich respektiere gewisse Grenzen, die ungeschrieben sind, aber eingehalten werden sollten. Nach Extras habe ich nicht gefragt.

Die Tatsache, dass mir durch den Puffbesuch die Möglichkeit gegeben wird, mit einer jungen Frau schlafen zu können, macht mich dankbar, dass es den Beruf der Prostituierten gibt.

In der Disco, einer Kneipe, auf einem Straßenfest oder sonst wo auf dem Singlemarkt hätte ich nicht die Chance, eine solch junge Miss für mich begeistern zu können.

Aber im Puff werden Männerträume wahr.

Im Puff werden Männerfantasien und Realität wirkungsgleich.

Kurz und Gut

Konversation in gebrochenem Kauderwelsch.

Kurzer Weg die Treppe hoch zum ersten Stock.

Kleiner Minirock nur 10 cm lang.

Knackarsch unterm Miniröckchen

Koberzimmer betreten

Kasse

Kleider runter

Körperkontakt

Knuddeln

Kolben poliert

Kondom-Montage

Küsse der Französischen Kunst

Klammern

Knuddeln

Knattern

Kamasutra, aber nur die 3 wichtigsten Stellungen.

Kampf bis zum Kommen,

Kondomfüllung

Küsschen zum Abschied

Kein Zweifel, Komme wieder.

Geiz ist geil und ich manchmal auch.

In Frankfurt, in der Elbestraße 44, da verlangen die Mädels nur 20 € für 20 Minuten Sexservice. Ein Preis, der von Leuten, die nie in den Puff gehen, verteufelt wird. Ein Preis, zu dem sich jeder Mann, egal wie wenig er verdient, auch käuflichen Sex leisten kann. Geiz ist geil und ich manchmal auch.

Im 4. Stock schaffte es eine ca. 27jährige mit dem Aussehen eines einfachen Mädels von Nebenan, meine Aufmerksamkeit durch ihre freundliche Art und einen witzigen Spruch zu erregen.

Lass mich deine Fanta sein

Das war der Spruch, mit dem sie mich köderte. Ich gebe ihr ein A-Rating:

Angeblicher Name Mirinda
Angebliche Nationalität aus Tschechien
Angeblich 27 Jahre alt
Arbeitszeiten angegeben als Tagschicht
Angetroffen zu früher Abendstunde
Appartement in Elbestr 44, 4 Stock
Angesprochen: "Ich heiße Mirinda, ich kann deine Fanta sein"
Angemacht worden an der Tür mit zärtlichem Streicheln an Wange und Schultern.
Abgemacht 20 Euro für 20 Minuten, alles Übliche
Ausgezogen
Angefasst
Angewichst
Aufgeblasen
Aufgebettet
Aufgestiegen
Angedockt
Abgewechselt
Alle Positionen
Alles Bestens
Alles 20 € keine ansonstige Axtras gewählt.
Auf Wiedersehen,
Aber: Wohl doch nicht.
Angenehmer Service,
Aber: Es gibt Anfängerinnen, die attraktiver sind.

Sie hat braune Haare mit einigen wenigen dunkel-blonden Aufhellungen drin, irgendwie süß mit einer Klammer auf eine Art gesteckt, so dass ihr die Haare nicht in die Stirn fallen. Ich nehme einen leichten Silberblick wahr, das kann aber auch Täuschung sein.

Ihr Busen im Dekolleté ihres BHs ist mittelgroß, voll und natürlich. Dass sie einen leichten Bauch-ansatz und keine Taille hat, stört mich nicht, ich weiß, dass man für 20 € kein Fotomodell vom Typ Postermädchen des Monats in diesem Haus erwarten kann.

Männer, die nicht in den Puff gehen, nehmen aus Notgeilheit in der Kneipe viel hässlichere Mädchen mit zu sich nach Hause.

Ich weiß das, denn früher habe ich das auch manchmal gemacht. Aber den Stress mit den Tus-sis, weil ich von ihnen am nächsten Tag nix mehr wissen will, den gebe ich mir nicht mehr.

Lieber problemlos eine hübsche im Puff auswäh-len, als im Singlemarkt ein Girl aufreißen, die sich

Hoffnungen auf eine ernste Beziehung mit mir macht.

Sie wagt es, während ich vor ihr stehe, mir näher zu treten und mich über den Kopf und den Nacken zu streicheln. Dabei fragt sie mich, ob ich ein bisschen Spaß mit ihr haben will. Als I-Tüpfelchen sagt sie die folgenden, erregenden Worte:

„Ich heiße Mirinda, ich kann deine Fanta sein."

"He he, das klingt gut", sage ich.

"Das ist auch gut. Fanta ist immer gut. Und ich bin Mirinda."

"Woher bist du, Mirinda?"

"Tschechien."

"Ah, interessant!"

Ob die angegebene Nationalität stimmt ist zweifelhaft, aber die Chemie zwischen uns an der Tür stimmt jedenfalls. Und Fanta klingt nach Fantasie.

Sie streichelt mich noch immer. Irgendwie verführt sie mich mit ihrer Art.

Obwohl ich weiß, dass die Girls in diesem Hause in der Regel nur 20 € wollen, frage ich sicherheitshalber noch mal kurz nach dem Preis.

"Wieviel Geld willst du?"

„20 €.", sagt sie und ich ergänze meine Frage:

„Für 20 Minuten?"

„Ja, kommst du rein?"

Schon bin ich drin bei ihr. Mirinda wäscht sich die Hände während ich mich ausziehe. Sie bittet mich, dass ich mich auch waschen solle. Während ich am Waschbecken stehe, will sie sich das Oberteil ausziehen, aber ich untersagte es ihr. Das Entblößen ihrer Brüste will ich mal wieder selbst vornehmen, langsam und in Zeitlupe.

Vorm Spiegel stehend nehme ich Mirinda in die Arme. Wir schauen uns im Spiegel an, wie wir Wange an Wange zusammen aussehen. Es ist der mir so liebe, für die Gesellschaft so schockierende Anblick: Der alte, grauhaarige Mann und das ca 30 Jahre jüngere Mädchen, und beide sind glücklich. ER, weil er ein junges Mädchen im Arm hält und SIE, weil sie Geld verdient.

Mirinda will meine Fanta sein. Ich genieße den Anblick und die Situation.

Mirinda streichelt meine Schulten, meinen Oberkörper und ich ihre Brüste, die noch immer im schwarzen BH stecken. Dann knöpfe ich ihr den BH hinten auf und streife ihn ihr in Zeitlupe ab.

Ich knete ihre Brüste. Längst schon steht mein Schwanz. Mirinda beginnt ihn kraftvoll zu wichsen. Ich verbiete es ihr und sage, sie solle ihn nur zärtlich streicheln. Sie versteht und bleibt ab sofort bei der zärtlichen Art.

Dann lege ich mich aufs Bett. Mirinda kniet neben mir und greift zu einem Kondom. Ich will keines. Sie soll mich nur da unten weiterstreicheln.

Betonung auf Streicheln. Wie bereits mitgeteilt. Sie versteht und liebkost meinen Schwanz, der sich darüber freut und mir manchmal Lustsignale ins Hirn sendet, die fast so intensiv wie ein Orgasmus sind, aber es ist nur ein Schuss Geilheit, der durch die Synapsen meiner Gefühlsnerven im Hirn schießt. Oder so ähnlich.

Bin ja kein Biologe, nur ab und zu geil.

Mirinda murmelt zärtliche Worte und liebkost mich dort, wo Männer am geilsten werden, wenn sie gestreichelt werden. So bin ich die ganze Zeit super erregt, ohne zum Höhepunkt zu kommen. Ein geiles Vorspiel. Den Verkehr mit Positionen will ich gar nicht, sondern nur heiß und scharf gemacht werden.

Vorglühen der sexuellen Art. Ohne Finale.

Die 20 Minuten neigen sich dem Ende zu und Mirinda hat kapiert, dass ich ein Genießer bin, der mehr Sex als nur 20 Minuten will. Sie fragt mich, ob ich eine halbe Stunde oder eine ganze Stunde bleiben will.

„Nein, danke. Es war schön bei dir. Aber ich gehe jetzt wieder."

„Bleib doch noch! Willst du nicht ficken?"

„Ja, aber nicht jetzt. Bitte versteh das. Es gibt so viele schöne Mädchen und die wollen auch Geld verdienen und ich will außer Sex noch ein bisschen Spaß und Abenteuer."

Mirinda versteht. Sie ist ein gutes Mädchen. Die Nummer mit ihr wäre bestimmt auch gut gewesen.

Aber die Nacht ist noch lang.

Das Bahnhofsviertel hat mehr hübsche Mädchen, als meine Potenz schaffen kann.

Ich muss meine Kräfte einteilen.

„Auf Wiedersehen, Mirinda!", sage ich.

Mirinda winkt mir ein wenig wehmütig hinterher. Vielleicht ist sie traurig, weil sie es nicht geschafft hat, mich zum längeren Verweilen verführen zu können, Vielleicht zweifelt sie an ihrer Schönheit, vielleicht fragt sie sich, was mir eine andere wohl bieten kann, was sie nicht anbot.

Kurz: Was hat die andere, was ich nicht habe?

Großes Frauenproblem. Nicht mein Problem.

Seit ich keine Ehefrau und keine Freundinnen mehr habe, habe ich keine Frauenprobleme mehr.

Ich winke ihr zurück.

Ich komme mir vor wie Lucky Luke, der am Ende einer Geschichte auf sein Pferd steigt und ein Lied pfeift vom „Lonesome Cowboy on the road again".

Dem nächsten Abenteuer entgegen.

Denn die Lust auf Abenteuer endet nie.

Zwischendrin mal eine Reklame für dieses Buch:

Es beschreibt die Abenteuer beim ersten Puffbesuch in Frankfurt, das Foto zeigt die Elbestraße.

Janina, das Zuckerschatzi

Schon seit drei Frankfurt-Besuchen waren wir drei Mannheimer nicht mehr in der Taunusstr 26 gewesen. Der Puff ist neben der Myway Bar. Es gibt ein hinteres Haus und ein vorderes.

Kumpel Icke ist irgendwo verschollen. Kumpel Indio und ich rollen das Haus von hinten auf, d.h. erst steigen wir durch alle 5 Stockwerke im hinteren Haus, dann die Treppen hinauf im vorderen Haus.

Es ist die Suche nach dem Goldstück in dem Überangebot der Billigmetalle. Im dritten Stock des vorderen Hauses angekommen bleiben Indio und ich sofort wie angewurzelt stehen. Drei wunderschöne Mädchen warten auf diesem Stockwerk in den just offenen Türen ihrer Zimmer.

Eine blondes Zuckerstückchen links, eine schwarzhaarige Praline direkt vor uns und ein weiteres, blondes Bonbon halb rechts.

Mein Kumpel Indio schaut ständig auf die vor ihm stehende verführerische Praline und mein Kopf wandert hin und her, von links nach rechts, vom Zuckerstückchen zum Bonbon. Welche dieser Süßigkeiten enthält wohl mehr von der Droge Frau, die ich brauche?

Ich entscheide mich für das Zuckerstückchen im Zimmer ganz links. Ich lehne mich cool an die Wand neben ihrer Zimmertür, und schaue sie verliebt an. Eine etwas asymmetrisch geschnittene Langhaarfrisur macht sie gleich zum Hingucker. Sie hat einen Blick drauf, der zwischen Unschuld und Verdorbenheit einzuordnen wäre, wenn man das könnte.

Profi-Aufreißtaktiken braucht man ja nicht im Puff, aber ein bisschen Small Talk ist wichtig, damit man feststellen kann, ob die Chemie einigermaßen stimmt.

Also stelle ich mich vor sie und schaue sie an und nehme mir vor, ein Gespräch vom Zaun zu brechen und belangloses Zeug zu texten.

Aber noch bevor ich etwas sagen kann, beginnt sie schon mit ihrer Leier und sie fragt mich:

„Kommst du rein, Schatzi?"

„Weiß noch nicht", sage ich.

Ich bleibe aber stehen ohne Anstalten zu machen, weitergehen zu wollen.

Ich starre ihr in ihr schönes, unschuldiges und verruchtes Gesicht.

Sie wird nervös.

„Was ist los, Schatzi?"

„Du bist schön.", sage ich.

„Danke, Schatzi."

Das Schatzi-Sagen ist irgendwie ätzend, aber dieses blonde Zuckerchen ist einfach zu süß, um es ihr krumm zu nehmen.

Ich erinnere mich daran, dass die Hasen in den Discos alles andere als Schatzi zu mir sagen, wenn ich sie anbaggere.

Nämlich Sätze wie: „Tut mir leid, aber Sie sind mir zu alt."

Wobei sie wahrscheinlich denken: "Verpiss dich du alter Sack, hat's Altersheim heute etwa Ausgang?"

Janina aber sagt:

"Hast du Lust, Schatzi?"

„Vielleicht. Ich kenn dich noch nicht. Woher bist du?", frage ich das Zuckerchen.

„Aus Rumänien, Schatzi."

„Ich heiße Siggi. Und wie heißt du?"

„Janina, Schatzi."

Zuckerpüppchen hat schon wieder „Schatzi" gesagt, statt „Janina, Siggi."

„Ich heiße Siggi", wiederhole ich.

„Ich weiß, Schatzi." sagt sie.

Das Zückerchen mit ihren blond gefärbten Haaren und ihren großen, dunklen, rumänischen Augen hat mich längst in ihren Bann gezogen.

Mit ihrer schüchternen Art und wie sie tapfer zu mir altem geilen Bock immer wieder Schatzi sagt.

Die Geilheit in meinem Körper wittert Nachschub, eine neue Dosis.

„Was machen wir da drin?" frage ich sie und zeige mit nickendem Kopf in die Richtung auf ihr Bett im Zimmerlein, vor dem wir stehen.

„Ausziehen, Anfassen, Blasen, Sex mit Positionen, 25 Euro, Schatzi.", rattert sie ihr Sprüchlein herunter.

Das Zuckerstückchen gibt's also im Standard-Angebot ohne Extras als Beimischung.

„Wie lange?"

„Zwanzig Minuten, Schatzi."

„Okay", sage ich und rufe „Hey!" und winke meinem Kumpel Indio zu, damit er Bescheid weiß. Der steht noch vor der großen schwarzhaarigen Praline, schickt sich aber auch gerade an, bei ihr einzutreten.

Da klingelt mein Handy. Ein SMS ist angekommen.

„Einen Moment noch, bitte", sage ich zu meinem Zuckerstück, das immer Schatzi zu mir sagt.

„Ich warte, Schatzi", sagt sie.

Das SMS ist vom verschollenen Icke. Er schreibt, dass er jetzt im Café Elbe ist.

Ich schreibe zurück, dass er ca. 30 Minuten auf uns warten muss.

„Jetzt", sage ich zum Zuckerstückchen und betrete ihr Zimmer.

Links steht eine Kommode, rechts ist das Bett. Dazwischen kaum ein Meter Platz. Aneinander vorbeigehen kann man nur sehr schwer.

Ich lege das abgezählte Geld auf die Kommode. Sie nimmt es uns steckt es in den Schlitz einer großen, eisernen, verschlossenen Spardose. Wenn einer ihr Geld klauen will, muss er nur die riesige Spardose schnappen und durchs steile Treppen-Haus flüchten. Weit würde er da aber wohl kaum kommen, denn auch in Janinas Zimmer gibt es natürlich einen Alarmknopf

Wir ziehen uns aus und sie sagt:

„Einen Moment, Schatzi."

Janina verschwindet kurz im Bad. Ich tippe darauf, dass sie sich im Bad unten kurz eingeflutscht hat. Sie ist wirklich schnell wieder zurück.

Ich nehme Janina, mein Zuckerstückchen in den Arm, bzw. ziehe sie im Stehen zu mir her und streichle ihre Schultern und Oberarme, während ich ihr ins hübsche Gesicht und in ihre Augen schau. Sie schaut schüchtern und leicht nervös zurück.

Ich starre sie nur an und mach gar keine Action? Das ist sie wohl nicht gewohnt.

„Was ist, Schatzi?"

„Du bist schön."

„Danke, Schatzi."

Ich führe ihre Hand nach unten und das Vorspiel beginnt.

Danach routinierter Diestleistungsservice, alles an der Tür offerierte wird eingehalten. Zwischendurch fragt sie hin und wieder:

"Alles klar, Schatzi?" oder "Gefällt es dir, Schatzi?" oder "Gut so Schatzi?"

Wir beginnen mit Blasen, dann Reiten.

Sie hat wunderschöne Teenie-Titten in einer Größe, die fast in einen BH "B" passen könnten und sie rauben mir fast die Sinne, als sie beim Ritt über mir sind. Beim Wechsel in die Missio liegt sie dann vor mir, die Beine für mich gespreizt. Ich schau genau da hin, wo ich gleich rein will.

Es ist sehr lange her, dass ich so eine bildschöne, wohlgeformte Möse gesehen habe.

Ich knie auf dem Bett vor Janinas Paradieseingang und schau auf die zweitschönste Möse der Welt.

Ja, es ist die schönste Möse der Welt, nur noch übertroffen vom Möschen der blonden Sahra aus der Lupinenstraße die ich nie im Leben vergessen werde, weil Sahra das paradiesischste rosaste Fötzchen hat, das ich je kennen lernen durfte. Aber seit einigen Jahren ist Sahra nicht mehr in Mannheims Lupi und seither habe ich nie wieder so eine traumhaft schöne Lustspalte gesehen. Bis heute.

Janinas Fötzchen ist dermaßen entzückend anzusehen, dass sie es Wert wäre stundenlang vor ihr zu sitzen, und ihr zu huldigen.

Ja, diese Möse, die ich gerade vor mir sehe, wäre es wert, sie anzubeten. Du sollst keine anderen Mösen neben ihrer haben. Nur noch eine. Die von Sahra. Und die von Janina, jetzt.

Sie nur sehen zu dürfen und sich auf diesen himmlischen Anblick dieser Teenie-Möse einen runterzuholen wäre schon eine Befriedigung der Sucht nach der Droge namens Frau. Stundenlang draufschauen und wichsen.

Aber für stundenlanges Anglotzen reicht die Zeit jetzt nicht. Janina, die Besitzerin dieser Traumpforte ins Sexparadies sagt:

„Komm, Schatzi!"

Und ich komme ins Paradies.

Außer Frauen nehme ich keine harten Drogen.

Jessica mit den Zöpfchen

Auf einem Rundgang durch ein Laufhaus in der Lupinenstraße erwischte ich einige Girlies beim Abfeiern im 1. Stock rechts, in Monikas Stamm-Zimmer.

Cherry ergriff mich und fing an, mit mir zur Balkan-Musik eine Art Mischung aus Bauchtanz und Merengue zu tanzen. 3 Mädels waren im Zimmer und eine stand in der Tür und sie lachten und klatschten im Rhythmus zu unserem Tanz.

Eine unserer Zuschauerinnen war ein goldiges Mädchen, die mit ihren blonden Zöpfchen aussah wie ein Schulmädchen.

Ich hatte sie noch nie gesehen und sie mich auch nicht. Aber noch während ich mit der rassigen, dunkelhaarigen Cherry tanzte, musste ich ständig zu diesem süßen Fratz hinschauen.

Als das Lied ausgetanzt war, löste ich die Tanzumarmung mit Cherry, und wandte mich sofort an die kleine Süße und fragte:

„Hallo, wer bist denn du?"

Die Kleine schaute mich etwas irritiert zu mir heraufsehend an, denn sie hatte nicht damit gerechnet, dass ich sie ansprechen würde, weil sie mich für einen Freund von Cherry gehalten hatte.

Ihre Antwort war denn auch sehr knapp:

„Ich Jessika."

„Wo ist denn dein Zimmer?" fragte ich weiter.

„Oben." Sagte sie und schaute irritiert zu Cherry.

Ich sah Cherry an und sagte:

„Ich geh heut mal mit Jessika".

Dann nahm ich Jessika an der Hand und sagte: „Komm, wir gehen nach oben."

„Willst du?" fragte Jessika.

„Ja, ich will!", antwortete ich.

Manche Leute sagen „Ja ich will" in der Kirche oder auf dem Standesamt, wenn sie Heiraten wollen, aber ich sag das nur im Puff, wenn ich Bumsen will.

Im Zimmer

Wir betraten ihr kleines Zimmer, ich nahm sie in den Arm und stellte mich mit Namen vor und sagte ihr, dass sie süß wäre. Sie muss immer zu mir hochsehen, weil sie so klein ist. Da hatte sie ein großer, starker Mann in einer Umarmung aus der sie nicht rauskommen würde wenn er sie nicht loslassen würde und sie musste zu ihm hochsehen und hören, dass er sie süß findet. Sie lachte etwas verlegen und schaute mich mit großen, dunkelbraunen Kulleraugen an.

Um die Szene wieder etwas zu entspannen, ließ ich sie wieder los, überreichte ihr den Obulus von 30 Euro und begann mit etwas Smalltalk während ich mich auszog. Dabei erfuhr ich, dass sie aus Bulgarien ist und sie erfuhr, dass ich aus Deutschland bin. Ja, ich bin immer wieder überrascht, dass manche Mädels nicht glauben, dass ich Deutscher bin.

Außerdem fragte ich sie nach ihrem Alter und war überrascht, dass sie kein Teenie mehr ist, sondern schon eine 2 bei der Altersangabe verwenden muss.

Als wir uns schließlich beide nackig gemacht hatten, war ich begeistert von der Harmonie, wie die Proportionen ihrer Rundungen im Verhältnis zu ihrem Körper passten. Also wenn sie 175 oder 180 cm groß wäre, dann hätte sie bestimmt eine Rolle in BAYWATCH bekommen, auch ohne Silikon in ihren natürlichen Brüsten, die mindestens B, wenn nicht schon C sind. Ich persönlich finde die Jessika einfach perfekt geformt.

Im Stehen streichelte ich ihren Traumbody und wurde dabei richtig geil. Ich bat sie, die Schuhe auszuziehen und sich aufs Bett zu stellen. Das mache ich immer, damit die Mädels merken, dass ich ein bisschen Vorspiel will und nicht gleich ins Bett hechte um die Nummer hinter mich zu kriegen.

Jetzt stand Jessika wie auf einer Bühne vor mir und konnte auf mich herabsehen, während ich ihren Körper streichelte.

Ich sagte: „20 Minuten, wenn ich länger bleibe, bekommst du etwas mehr Geld."

Damit habe ich ihr gleich mal signalisiert, dass sie in der Folgezeit bitte nicht auf die Uhr zu sehen hätte.

Dann legte ich mich bequem, rücklings aufs Bett und sie kniete sich neben mich und streichelte mich. Dabei hielt sie Augenkontakt und beobachtete, wie ich mimisch auf ihre Handkunst reagierte.

Jetzt war es Zeit, mit Jessika mehr zu erleben, als nur Petting.

Ich sagte das Startkommando:

„Gib Gummi."

Manche Leute sagen das, wenn sie im Auto sitzen und dem Fahrer sagen wollen, dass er etwas schneller fahren soll. Aber ich sage das nur im Puff, wenn ich Bumsen will.

Gemäß Lupi-Standard kommt vor dem Bumsen das Blasen. Also hat Jessika mir erst mal einen geblasen. Jessika sieht nicht nur aus, wie ein Schulmädchen, sie bläst auch irgendwie so. Sie nuckelt nämlich an mir herum, als hätte sie einen Lolli in der Hand, den sie immer wieder schmatzend aus dem Mund nimmt und dann wieder genüsslich einführt um weiter zu Nuckeln. Irgendwie süß, wie das Gör selbst, aber kein Genuss, den man sich bis zum Erguss geben muss.

„Jetzt weiter", sagte ich.

Manche sagen das, wenn sie mit etwas fortfahren wollen. Aber ich sage das im nur Puff, wenn ich mit etwas anderem weitermachen will.

Wir begannen nun damit, den üblichen Geschlechtsverkehr zu vollziehen. Keine Perversitäten, einfacher Standard, mit den üblichen drei Stellungsvarianten.

Manche nennen es Dreikampf, aber ich kämpfe nicht, sondern genieße.

Seit ich Jessika einmal genossen habe, genieße ich sie immer wieder gerne. Meist überziehe ich ein bisschen die Zeit, aber immer gebe ich ihr dann noch etwas Trinkgeld zusätzlich zum Standardlohn. Das sind dann 5, 10 oder 20 Euro zusätzlich, je nachdem, wie lange ich die zwanzigminütige Regelzeit überzogen habe.

Cherry und die anderen Mädchen des Haus wissen Bescheid, wenn ich komme. Sie wissen, dass ich in diesem Laufhaus nur noch Jessika will und schauen etwas traurig, wenn ich an ihnen vorbeigehe. Sie wissen, sie haben mich an Jessika verloren.

Damit es mit Jessika nicht zur Gewohnheit wird, gehe ich natürlich auch noch zu anderen Girls.

Ich esse ja auch nicht jeden Tag das gleiche, sondern mag abwechslungsreiche Kost.

Wie auch andere Geschichten in diesem Buch, ist die Geschichte von Jessica schon etwas älter.

Aber Jessika gehörte für circa ein Jahr meines Lebens zu meinen Leibspeisen und ich vernaschte sie regelmäßig, weil sie so lecker war.

Irgendwann war sie weg. Fort von der Lupi. Aber ihre Freundin Monika erhielt von Jessica die Erlaubnis, mir ihre Telefonnummer zu geben. Ich nahm Kontakt mit Jessica auf und fuhr nach Wiesbaden. In einem kleinen Wohnungspuff haben wir dann eine wunderschöne „Abschiedsnummer" geschoben, für die ich mir eine ganze Stunde Zeit mit ihr ließ. Man muss immer aufhören, wenn es am Schönsten ist, dann hat man das Schönste als letzte Erinnerung. Darum bin ich nie wieder nach Wiesbaden gefahren.

Jessica, ich werde dich nie vergessen.
Die Zeit mit dir war immer schön.

Sexuelle Abenteuer ohne Ende

Natürlich gibt es noch mehr sexuelle Abenteuer, die Siggi Selector im Puff erlebt hat.

Deshalb gibt es ja auch noch mehr Bücher von ihm.

Übrigens entstehen ständig neue Storys bzw. Buchkapitel, denn Siggis Leben ist eine Aneinanderreihung von Abenteuern, weil er seine Nächte nicht vor dem TV auf der Couch verbringt, sondern seine Feierabendbierchen im Rotlicht trinkt.

Katze Katja arbeitet übrigens noch immer in der Lupi: Man kann also nicht nur über sie lesen, sondern sie auch erleben!

Auf alle Fälle erfüllt sich Siggi Selector weiterhin seine Träume und Phantasien und er erlebt oft aufregendes und manchmal märchenhaftes.

Ein wahr gewordenes Märchen ist übrigens die Story namens „Pretty Woman", die wurde verfilmt. Ach so, das war nur ein Film? Nee, echt jetzt?

Siggis Leben ist aufregend und testosteronhaltig.
Es gibt noch mehr Storys und Bücher von ihm.
Man sollte sie in dieser Reihenfolge lesen:

Siggi Selector ist bei Facebook und Twitter